KB116135

청어詩人選 208

쉼…
그리고 낙서!

최
병
문

시
집

청어

쉼…
그리고 낙서!

최병문 시집

시인의 말

감히 詩라 하지 못하고
감히 노래라 하지 못하고
그저 끄적거린 낙서일 뿐이라고

따듯한 어느 봄날
끄적이고
끄적이고
끄적이던 낙서들이 모여
낙서장이 되었습니다

누구에게나
가슴 속에 묻어둔 이야기 보따리
콕 찌르면 파란 눈물이 주르르 흐를 듯한 가슴 시린 이야기

하나 둘 풀어 헤치다 보면
설레던 사랑 이야기
가슴 시린 이별 이야기
행복했던 추억 이야기 속에

그립고
그리운 얼굴
끄적이던 낙서장 속에
떠오르는 그리운 얼굴 있다면
누군가 보고 싶어진다면
그것만으로도 행복합니다

그것만으로도 감사합니다

차례

3부 가을=추억

4부 겨울=그리움

1부

봄=사랑

게으름을 피워 보련다

가슴 시리도록 아름다운 날에
나를 위해 게으름을 피워보련다

새로 앵군 논두렁길을
뒷짐 지고 느릿느릿 걸으며
흐드러지게 핀 이름 모를 들꽃과
작은 이파리 위로 졸졸 흐르는 시냇물과
지들 세상인 양 떼 지어 노는 작은 송사리와도
인사를 나누며 한가로운 시간을 보내보련다

추억 속에 함께 했던 아름다운 그들을
바쁘다는 이유로 아무도 보아주지 않는다.
서로의 존재도 모른 채
너는 너 나는 나 하며 애써 외면하며 그냥 스친다

어디선가 살랑이는 아카시아의 향기가 코끝에 매달려
유년 시절의 아름다운 추억을 더듬으며
그렇게 하루를 보내보련다

다시 오지 않을
나의 아름다운 날들을……

내일

간밤에 술 탓인지
이른 새벽에 눈이 떠지고
새벽이 희끄무레 밝아온다

문 앞을 지키고 섰던
꽃내음이
풋내음이
아련한 추억 한 줌 가지고 냉큼 들어온다

지난
어느 날의 추억인지
아무리 더듬어 보아도
날 듯 말 듯한 아쉬움에
애틋함만 더해 놓고
이내 사그라진다

아무것도 잡지 못한 허무함에
아무것도 기억하지 못한 쓸쓸함에
또다시
내일을 기대해 본다

시샘

봄이 없어졌다고
가을이 없어졌다고

하지만 그건
내가 잃어버린 것일 뿐

봄도
여름도
그리고 가을도

늘 그렇게 같은 자리에서 기다렸고
안아주었고
돌아보아 주길 바라며
딱딱한 보도블록 사이에서도 꽃을 피웠지만

아무도
보아주지 않으니
심통도 났겠지

나무도 흔들어 놓고
꽃도 흔들어 놓고

그래
그래서 그랬던 거야!

3월愛

간간이 이는 바람이
여린 가슴을 파고 든다

아직은
차가운 바람이 싫어
볕 좋은 곳에 쭈그리고 앉는다

어느 틈엔가 먼저 온
쑥 나싱게 벌금자리……
어린 잎새에 밀려
두어 걸음 물러나 앉는다

유년시절
코흘리개 동무들을 다시 만난 듯
반가움에 연한 미소가 머문다

"별빛을 살라 먹고 별빛을 살라 먹고
그 향기 그리움으로 밤에 피는 넌 야화~"

어느 가수의 노랫말이 스치운다

봄인지 가을인지

눈이 시리도록 푸르러야 할 이 봄날에
얄궂은 비가 내린다

지난 가을
마저 떨구지 못한 낙엽이
비바람에 어지러이 굴러다닌다

잎을 떨구어 내야
쌓인 눈의 무게를 이겨 낼 수가 있는데

무슨 미련이 남아
떠나보내지 못하고
작은 가슴 한켠에 곱게곱게 접어둔 것일까!

이제
불어온 남풍에 실려 보내고
새봄을 맞이해야겠다

눈이 시리도록 푸른 이 봄날을

오일장

부지런한 것인지
아님 한가한 것인지

겨우 얼굴을 내밀었을 뿐인데
겨우 작은 이파리 하나 틔웠을 뿐인데
멋대가리 없는 시골 아낙들

아무런 미련도
아무런 망설임도 없이 싹둑 잘라
보따리 보따리마다 봄내음을 그득 담아와
듬뿍듬뿍 나누어준다

"이거 가따가 챙기름 한 방울 둘루고
꼬창 너서 무처 봐 마싯써!" 하며
간신히 버티고 있는 이빨 몇 개를 보이며 웃는다

어린아이처럼

봄비

역시!
네가 있어야만 비로소 봄인 거야
너 없인 봄이 될 수 없어

하늘 아래
숨 쉬는 모든 지체들이
대청소를 끝낸 연둣빛 도화지에
빨간색 노란색 수채화 그림물감을 흩어 놓는다

싱그러운 봄바람에 실려
점점 크게
점점 넓게

그렇게
봄날은 번져간다

심술쟁이

아픈 것일까
벌거벗은 몸뚱이가 추운 것일까
몽글 몽글 하얀 목련이
칼바람에 떨고 있다

홀로서기엔
그의 빈자리가 너무나 컸던 것일까

얼마나
더 인내하고 수고해야만
아지랑이 같은 사랑이
찾아올까

바람돌이 녀석들
꽃들도 나름 스케줄이 있는데
저렇게 심술 피우면

사랑은
언제 찾아오라고

보리밟기

뾰족뾰족
날카로운 서릿발을 종일 밟아야만 했다
이유도 모른 채
춥고 아프고 힘들어서 제일 하기 싫었던 보리밟기

아파도
힘들어도
단단하게 밟아야만 새로운 사랑이 뿌리를 내린다

밍근한 바람에 사랑을 틔우고
살랑이며 수줍게 이삭을 내민다

그렇게 힘든 시간을 보내야만
사랑이 완성되는 것일까

푸르름이 진해진 이삭들이 춤을 춘다
서로에게 기대어

누가 보기라도 했을까!

한적한 시골
들길에 쪼그리고 앉아
그저 말없이 흐르는 시간을
불러 세워둔다

초점 없는 흐릿한 눈
파스텔 톤으로 번져가는 알 수 없는 작은 꽃들
굳이 눈을 돌리지 않아도 수많은 꽃들이
향기를 품으며 으스댄다

누가 보기라도 했을까
저 이쁜 것들을

그저
말없이 주어진 시간을 가꾸어 간다
누가 보든지 말든지

상큼한 바람이 얼굴을 두드린다

제일 소중한 사람

지난 봄날
어느 결에 다가온 하얀 찔레꽃처럼
나의 심장에
수줍게 꽃을 피운 소중한 당신

화려하지도 이쁘지도 않지만
늘 환한 얼굴로
언제나 말없이 기다리고
믿어주며
미소로 답하는 이쁜 당신

파 뿌리가 하나씩 내렸어도
주름살이 하나씩 늘었어도
바보같이 이쁜 당신

힘들고 고단한 길
애써 혼자 가려하지 말고
투박한 내 손 꼭 잡고
함께 가자

하나 되어……

봄 밤에

봄 밤에
눈이 내린다
하얀 꽃눈이

따스한 봄바람에 흩날려
얼굴 붉어진 소녀처럼
수줍게 쌓여만 간다

벚꽃 잎
연분홍 꽃눈이 내린다
여우같은 봄 바람타고
떠나간다

붙잡아도 붙잡아도
사랑 한 뼘
그리움 한 뼘
남긴 채 떠난다

하얀 봄 밤에

새벽안개

하늘에 입 맞추고 들풀 간지르며
간밤에 내린 비로
아기 손바닥만큼 쑥 자란 푸르름이
푸근함이 어깨를 감싸 안는다

안개 속에 묻힌 회색도시
앞도 보이질 않고
가야 할 곳도 모르지만

이내
익숙한 발걸음을 옮긴다

엄마의 품처럼
아내의 가슴을 파고 든다

온기가 전해온다
젖 냄새가 너무 좋다
그 옛날!
엄마의 젖 냄새처럼

꽃씨

무서리가 하얗게 쌓인
나의 마음 밭에
따사로운 햇살 한자락
살포시 부서진다

어떤 꽃씨를 심을까
사랑의 꽃씨를
눈물의 꽃씨를
그리움의 꽃씨를

언제부터일까!
땅속에서도 움찔움찔
나뭇가지에서도 움찔움찔
깨진 화분 조각에서도 움찔움찔

먼 뒤안길
추억의 꽃이
달맞이꽃 되어
활짝 피어나길 소망해 본다

얼마나

어릴 적 소풍날처럼 얼마나 설레였을까
생명의 손길을 얼마나 기다렸을까
다가오는 죽음이 얼마나 무서웠을까
오지 않는 구조대를 얼마나 원망했을까
살려달라고 얼마나 부르짖었을까
살기 위해 얼마나 몸부림쳤을까
얼마나
얼마나
.
.
.
그래도
서로를 묶을 끈이 있어서
……
얼마나 위안이 되었을까……

*세월호
수많은 연둣빛 고귀한 영혼들께 바칩니다

봄은 사랑이다

봄은 사랑이다
꽃을 보아도 사랑스럽고
나무를 보아도 사랑스럽고
쫄랑거리는 시냇물을 보아도 사랑스럽다

봄은 사랑이다
노란 유치원복을 입은 아이도 사랑스럽고
어울리지 않는 교복을 입은 중학생도 사랑스럽고
한껏 멋을 낸 고교생도 사랑스럽다

봄은 사랑이다
나폴 나폴 꽃무늬 원피스도 사랑스럽고
반짝이며 흩날리는 머리카락도 사랑스럽고
두 손을 꼭 잡은 커플도 사랑스럽다

봄은
봄은 사랑이다

꽃반지

"들꽃반지 끼워주며 속삭인 그 말"
-이선희 -

누구나 한 번쯤
나누었던 꽃반지
누구나 한 번쯤
생각나는 그 얼굴

헐레벌떡 살아온
짧지 않은 세월 속에
인생의 계급장 달고

꽃반지도 사치인 듯
마디 굵어진 투박한 손꾸락

투박하지만
솥뚜껑 같지만
아직 온기남아 맞잡을 수 있는
그런 손이길 바래본다

꽃반지는 다음 소풍 때
끼면 되지 뭐!

상처

어느 봄날!

사랑을 이어준다는 벗꽃 터널
꽃비가
꽃눈이
세월의 무게를 이기지 못하고 낙화한다
한참을 그렇게 켜켜이 쌓인다

예쁜 그 길을
감히 범할 수 없어
그저 바라만 보던 그 길을

무자비하게 지나간 두 갈래의 바퀴자국
두 동강난 나의 미래를 보는 듯
찢어져 버린 가슴이 아프다
찢어져 버린 사랑이 아프다

그 깊은 상처가 가려지려면
또 얼마나 많은 꽃들이
멍이 들어야 할까

꼭
그 길로 가야만 했을까
무식한 군바리

산사의 봄

고즈넉한 산기슭의 아담한 산사
슬그머니 내려앉은 애기 봄 햇살

깨알같이 작은 꽃들의
숨 쉬는 향기에
어린 봄 햇살에 붙잡힌다

주마등처럼 스치고 지나는 그림 하나
어릴 적 살던 집
논두렁에 피어난 제비꽃들

오늘도 잊지 않고 마중물 되었지만
나의 머리엔 할미꽃이 쇠어진다

새소리
물소리
바람소리
사쁜사쁜 걸어온다

첫사랑의 맛

첫사랑의 맛은
달콤함일까
두 번 다시는 못할 만큼 쓴맛일까

라일락꽃을 먹어 보았다면
첫사랑의 맛이 어떤지
조금은 알 수 있을 것 같다

으~~찌나 쓰던지
너무나 써서 먹지 못하지만
너무나 달콤한 향에 버릴 수 없고

이러지도 저러지도 못해
가슴에 묻어 지금껏 간직만 해온 쓴맛

첫사랑의 맛은
더럽게 쓰다

잠꾸러기

잠꾸러기
느림보 씨앗들

애타는 마음에 토닥토닥
봄비가 대지를 두드린다

철부지 녀석들은
어느 틈엔가 준비했는지
봄비 가득 머금고 통통하게 부풀어
따스한 햇님이 나오기도 전에
참새 혓바닥만한 새싹을 낼름거린다

노오란 새봄이
기다려지기는
마찬가지인가 보다

이 봄에
발걸음이 좀 빨라졌다

나그네 되어

하얀꽃 핀 들녘으로
연둣빛 고운 숲속으로
당신과 나
봄맞이 가요

알맹이 하나 없는
빈털터리 나그네 되어
오시는 봄맞이하러
손잡고 함께 가요

당신과 나
하루뿐인 삶을
달콤한 딸기향 속에 맡기며
그렇게 함께해요

당신과 나
나그네 되어

훈련소

하루 이틀
맘 졸이던 그 날
훈련소에 들어가는
축 늘어진 아들을 본다

괜찮다고
다들 간다고
믿는다고 말하지만
아들 녀석에게
무슨 위로가 될까

어느새
30여 년 전 아비가 갔던
그 길 그 자리에서
입영캠프를 간다고 너스레를 떨며
엄마 아빠를 안심시킨다

벌써 저만큼
보이지도 않는 뒷모습이라도
한 번 더 볼 수 있을까

까치발에
짧은 목을 쏙 빼 들고
뚤래뚤래 찾아보아도
야속하게도
보이질 않는다

흐르는 눈물이 주책없어
하늘만 바라본다

하얀 이팝꽃을 보니
눈은 즐겁다만
맘엔

맘엔 슬픔의 장대비가 내린다

벚꽃앓이

또다시
시작된 벚꽃앓이

벚꽃이 수다쟁이처럼
펑펑 터지던 그때

첫 만남도
두 번째 세 번째도

파란 하늘에 하얀 벚꽃
고요한 달빛 아래 더 수다스런 꽃잎들
낙화해 또 한 번 피어난 꽃잎을

이제야 알았다
벚꽃을 좋아해서가 아닌
벚꽃앓이였다는 것을

밤새
꽃샘바람 골부려 떨어진 꽃잎
벚꽃앓이가 짧아질 수 있어서
좋다

꽃샘바람이 좋다
벚꽃앓이가
더 좋다

아카시아 향기

달콤한
풋사랑의 향기였던가!

슬그머니 들어와선
늘 곁에 있을 듯하더니
쏜살같이 달아나 버린다

너무 안타까워
허우적 허우적 붙잡아 보지만
손가락 사이로 모두 도망쳐 버리고

겨우 남은 건
후회와
그리움뿐

짧은 봄날이
참 길어질 듯하다

첫사랑처럼

차가운 머리보단
뜨거운 가슴이 먼저 반응하는
첫사랑처럼

앞뒤 생각 없이
뜨거운 가슴으로
밀어 붙이는 첫사랑처럼

삶의
모든 순간의 우선순위가
첫사랑인 것처럼

순간순간의
모든 열정을
첫사랑인 듯 쏟아붓고 싶다

과거형이든
현재 진행형이든
첫사랑처럼

나의 살던 고향은

"나의 살던 고향은
꽃피는 산골"

노오랑 하루나 꽃 위로
팔랑팔랑 날아가는 하양나비

눈처럼 새하얀 조팝나무
청보리밭 사이사이
연분홍 복사꽃
개나리
진달래

갓 피어난 초록 잎새들로
눈이 호사를 누린다

아름다움의 일상이었것만
지금은 찾아 나서도
볼 수 없는 기억 저편의
잘 그려진 흑백사진이 되었고

냉이꽃 노란 양탄자
퐁퐁 솟아나는 맑은 물속에
어린 물고기 쫄랑쫄랑
흐르는 봄을 배웅한다

"울긋불긋 꽃 대궐 차리인 동네
그 속에서 놀던 때가 그립습니다"

기도

"오늘도 무사히!"

무릎 꿇고 두 손 모아
간절히 기도하는 그 모습
어디에나 문설주에 걸려 있던 기도 제목

오늘도
오늘을 시작하기 전에
오늘을 위해 기도를 한다

그러나
아직도 성숙한 기도를 하지 못한 채
떼쓰기 기도만 앵무새처럼 하고 있다

건강 달라고
지혜 달라고
축복 달라고
평안 달라고
풍성한 결실과
영혼 구원해 달라고

주님이 원하는 것은
기를 쓰고 하지 않으면서
주지 않는다고
눈물 찔찔 흘리며
어린아이와 같이 떼만 쓴다

아!
언제까지 청구서 기도만 하고 있을는지

"여호와여
내 입에 파수꾼을 세우시고
내 입술의 문을 지키소서"

−시편 141장 3절−

2부

여름=눈물

넝쿨장미

담장 너머로
수줍은 듯 빨갛게 달아오른 얼굴로

오는 임
애처로운 눈길 잡고
반가움에 손짓하며
바쁜 발걸음 잡는다

가는 임
아쉬움에 빨간 눈물
한잎 두잎 빨간 꽃잎 접어
빨간 양탄자 깔아놓는다

어느덧
꽃잎 떨구고 남은
앙상한 가시 하나

지켜야 할 것도 없는
쓸모없어진 가시만 남았다

기다림

오지 않는 사람을
하염없이 기다린다

기다림이 길어질수록
기다림은 미움이 되고
미움은 걱정되고
걱정은 다시 사랑이 된다

기다림이 크면 미움도 크고
미움이 크면 걱정도 크다
걱정이 크면 사랑도 크다

사랑이 크면
그리움도 크다

제일 소중한 사람 · 2

예쁜
그 어떤 꽃보다 더 예쁜
한 사람

함께 있어도 보고 싶고
헤어지면 더 보고 싶어

잡은 손 놓지 않고 꼼지락 꼼지락
속절없는 시간이 안타까워 꼼지락 꼼지락

예쁜
그 어떤 꽃보다 더 예쁜
한 사람

어느새
속절없는 시간 속에
소년과 소녀는 간곳없지만

그들이 떠난 자리에 남은
또 다른 소년과 소녀

예쁜
그 어떤 꽃보다 더 예쁜
제일 소중한 사람

1막 2장

한 뼘 남짓 버려진 땅
돌무더기를 옮기고
잡초를 뽑는다

벌써 뿌리가 깊어
적잖이 애를 먹지만
작고 예쁜 나의 뜰 안이 되었다

해바라기
코스모스
채송화를 심어놓고
곧 피어날 그 녀석들을 생각하니
시간이 더디게만 간다

한 뼘도 되지 않는 저놈의 풀밭을
어찌하지 못하고 고민만 하는 사이에
억센 풀만 키워 냈다

이제
등짐 내려놓고
어지러운 생각도 뽑아버리고
다시 시작된
인생 1막 2장에서는
쉼과 낙서하며 살아야겠다

우산

작은 우산 하나를 함께 쓰자 한다
혼자 쓰기에도 작은 우산을

조금만 더
조금만 더
슬그머니 작은 우산을 밀어준다

우산 속 작은 세상
아무도 볼 수 없다고
아무에게도 보이지 않을 거라며
그렇게 서로에게 사랑을 속삭인다

작은 우산 속 세상에
그와 함께 있는 자체가 좋다

더욱 가까울 수밖에 없어서 좋고
두드리는 빗소리에 서로에게
귀 기울여야 하는
둘만의 우산 속 작은 세상이 좋다

누군가 그랬다
우산은 뽀뽀하기 위해 쓰는 것이라고……

소나기

소설 속에 나오는
소년과 소녀처럼
굳이 꾸미지 않아도
마음으로 전해오는 그런 사랑이었으면 좋겠다

누가 볼까 부끄러워
내색은 하지 못해도
흔한 들꽃 한 송이라도
따다 주고 싶은
마음으로 전해오는 그런 사랑이었으면 좋겠다

아무리 보잘것없는
작은 물건이라도
그녀의 온기가 전해지는
추억이 있는 한 버릴 수 없는
마음으로 전해오는 그런 사랑이었으면 좋겠다

그런 사랑이었으면
좋겠다

팔월의 파도

파아란 하늘은
하얀 구름을 그리고
파아란 바다는
하얀 파도를 그린다

스무 살
팔월의 바다는
그림처럼 사랑스러웠다
그러나

저마다
어떤 생각들을 담아왔는지
물끄러미 바다만 바라볼 뿐
남이 되어 버린 듯 말이 없다
나도 바윗덩어리 하나 짊어지고 왔는데

내 안에 큰 바위 하나
혼자 감당하기 힘들어
넓은 바다에 내려놓으려 왔는데

나보다 더 큰 바위 하나씩 들고 왔는갑다
다음에 이야기해야겠다

시월에
군대 간다고……

물망초

시골
동네 이발소마다
걸려있던 그림 하나

초가집과 맑은 냇가에
작은 폭포가 흐르고
양옆으로 무리지어 피어있는 물망초

까마득히 세월이 지난 지금은
어떤 모양이었는지도
언제 피어나는지도
알 수 없지만
나를 잊지 말라는 꽃말의
물망초

물망초 꽃말이 아닌
물망초 꽃이 되어
이따금 생각나는 사람이 되길 소망해 본다

forget me not!

소나기 · 2

후두두 후두두
옛 이야기를 일깨우는
빗방울의 합창

후두두 후두두
퍼즐 조각처럼
뒤죽박죽 흩어져 있는 지난 추억들

후두두 후두두
기를 쓰고 맞혀보려 하지만
퍼즐 한 조각 한 조각에 새겨있는
추억에 흠뻑 젖어들고 말았다

후두두 후두두
동무들 불러서
파전에 막걸리나 한잔 해야겠다

두 바퀴 · 1

두 바퀴가 함께 구른다
아니 따로 구른다

앞에서 하나
뒤에서 하나

아무리
아무리 함께 가려 애를 써 봐도
함께 갈 수 없다

너는 너대로 나는 나대로
돌부리를 만나도
웅덩이를 만나도

혼자서 헤쳐 나가야 한다
외롭고 쓸쓸히

혼자서……

불협화음

개굴개굴
누가 먼저 시작을 했을까
동네가 떠나가라고 울어 젖힌다

개굴개굴
불협화음이 시작된다
네가 크네
내가 크네 울어 젖힌다

개굴개굴
아직은 부족함 투성이지만
초록이 짙어질 즈음

개굴개굴
인생의 연습을 끝낸 어릴 적 동무들과
불협화음이 아닌
최고의 아름다운 선율을 느끼면서

어린 날을 이야기할 것이다

짧은 만남 긴 이별

봄
여름
가을
채 겨울도 함께 보내지 못한 짧은 만남
그대로 끝인 줄 알았다

그러나
곧게 뻗은 두 갈래의 기찻길처럼
영원히 만날 수 없지만
늘 함께 있었다
늘 곁에 있었다

같은 하늘 아래 함께 숨을 쉬며
끝이 아니라
이제부터 시작인 것이었다

끝까지 가다보면
언젠간
다시 만날 수 있다는 희망이 있다

일상다반사

어느 날의 기억일까
알 수 없는 기억들이
불 꺼진 방에 우두커니 지키고 섰다

차곡차곡 쌓아둔 기억들을
하나씩 하나씩 들추어 보지만
이것도 아니고
저것도 아니고

날듯 날듯 나지 않는 기억이 안타깝지만
날듯 날듯 나지 않는 기억이 나쁘지 않다
어쩌면

어쩌면
기억이 나지 않는다는 핑계로
다시 한번 꿈꾸길 바라는 마음일 것이다

그리움이
똬리를 튼다

바람이었나

마냥 내 것인 줄 알았다
언제나 함께 있었고
늘 곁에 있었다

움켜쥐려하면 할수록
뿌리치듯 달아나 버리고
두 팔을 벌리면 푸근히 다가온다

때론
쌜쭉하여 꽃잎도 흔들어 놓고
풋사과도 떨구며 심술을 피워본다

간간히 불어와
이런 날도
저런 날도 있다고
잊지 말라며 일깨워 주는 듯하다

오늘은 내일의 또 다른 추억

오늘이 지나면 어제가 되고
어제는 오늘의 추억이 된다
그리고 오늘은……
내일의 또 다른 추억이 된다

추억은 먼 옛날의
어느 날이라고 생각하지만
지금 이 순간순간이 추억이다

삶이
한참 지난 먼 훗날
오늘을 찾아 웃을 수 있는 멋진 추억 하나
그릴 수 있는 날이 되길
소망해 본다

눈물꽃 진 자리

미소와 눈물은 늘 함께 다닌다
사람이 만들 수 있는 최고의 결정체

어떤 이는 울다 지쳐 허탈한 웃음 짓고
어떤 이는 웃다 지쳐 감격의 눈물 짓는다

툭 떨어진 눈물꽃 진 자리
눈물꽃 마른자리에 남은 상처자욱

너는 알까
기쁨의 눈물보다 슬픔의 눈물이
더 짜다는 것을

지난날
모르게 흘려야 했던
가슴에 묻어야 했던
수많은 눈물방울들

그런 눈물방울을
가슴에 만들 수 있었음에 행복했다

비 갠 오후

흙!
밟을 일 없는 네모난 도시를
조금 벗어난 갑천변

비 개인 오후
수많은 비밀을 품은 채
살짝 부푼 흙길을
조심스레 밟는다

행여 어떤 녀석들을
다치게 하진 않을까
조바심이 일어 한걸음 물러선다

흙내음
풀내음이 싱그럽다

신호등

아직은
빨간 불이다
기다려야 한다

마음은 급하지만
어찌할 수 없어
발만 동동 구른다

한참을 애태우며
지루한 시간이 지나
가도 좋다는
녹색불이 들어왔지만

이 길이 맞는 길인지
우물쭈물 하다 보니
건너야 할 시기를 놓쳐버렸다

안타깝지만
또다시 기다려야 한다
녹색불이 들어올 때까지

시간은 걸리겠지만
녹색불은 반드시 들어온다

기회이든
사랑이든
반드시

내 새끼

꽃길만 걸으라는 말이라도 해줄 걸
그 말을 하지 못하고

떠나는 뒷모습만
기억 속에 담아 보지만
오래되지도 않았는데
기억이 나질 않는다

눈물을 보이지 않으려
서로 딴청만 부린다
시간도 없는데

얼마나
얼마나 두렵고
얼마나 힘들고
얼마나 맘이 아팠을까
가엾은 내 새끼
이쁜 내 새끼

요즘 군대 편하다 하지만
누구한테 편하다는 건지
당최!

건강하게만
다녀오라는 말을
끝내기도 전에

또
주책없이 코끝이 찡 해진다

진리

씨앗은
반드시 싹이 나고
꽃이 피고
열매를 맺는다

이것은
간단하지만 분명한 진리이다

진리인 만큼
걱정을 하고
조바심을 낼 필요가 전혀 없다

콩을 심으면 봄에 먹고
감자를 심으면 여름에 먹고
고구마는 가을이다
과일은 3년 걸린다

콩만 심을 순 없다
콩도 감자도 고구마도 과일도 심어야만 한다
심지 않으면 결실도 없다

빚을 내어서라도 심어야만 한다

*시편 126장 5~6절
눈물을 흘리며 씨 뿌리는 자는
환호하며 거둘 것이며
울면서 종자 부대를 들고 나가는 자는
곡식 다발을 들고 환호하며 돌아올 것이다

창포

더 외롭고
더 고독해 보이는 달빛 아래
오늘도 힘들었을 나의 일상을
나의 삶을 묻는다
포근한 물안개 속에

노오란 꽃잎을 접는다
그 얇디얇은 꽃잎 위로
이슬이 눈물 되어 흐른다

내일이면
꽃잎은 다시 피겠지만
다시 사랑을 하겠지만
그냥 그렇게
이슬이라도 되어 함께 하고 싶다

그냥 그렇게……

새벽이 오려는지 개구리들이 더 시끄러워진다

3부

가을=추억

입추

그저
달력 안에 쓰여진
작은 글씨로만 여겼는데

그렇게
작은 녀석의 입김 한번으로
뜨끈한 바람도 파랗게 질려
하늘 높이 높이 날아가 버렸고
뻣뻣하던 나락 모가지도 고갤 숙인다

가을하늘
탱탱 영글어 가는 들깨 냄새에
가을이 바스락 바스락 소리쳐
허수아비 하나씩 모여들어
시린 옆구리 부여잡는다

이렇게라도
서로에게 부대끼며 따듯한
온기를 나누어 줄 수 있다면

그것만으로도 충분하다

가을 숲

햇살 사이로 비추는
선홍빛 빨간 단풍잎
부러진 삭정이 베개 삼아
땅을 등에 진다

이따금 보이는 파란 세월 속
하얀 구름에 실려
임도
시름도 흘러간다

모든 것 내려놓고
이대로
낮잠이나 한소끔 맛있게 자고나면

또 한동안 잊고 지낼 수 있으려나

만추에 만취

심심하리만큼이나
고즈넉한 가을을
느끼기도 전에
도둑 맞아버렸다

참새도 떠나고
벼를 베고 난 그루터기에
어울리지 않게 새싹이 쑥 올라오는 가을 들녘

간간이 피어난 몇 되지 않는
구절초 사이로
마지막 양식을 준비하려는 듯
벌들이 분주하다

꽃을 다 떨군 코스모스는
다시 씨앗 송이로 피어나고
코끝에 매달린 노란 국화향이
저무는 가을을 배웅한다

입영열차

차마 볼 수 없어
뒤돌아 작은 어깨를 들썩인다

가지마라 하면
가지 못할 것 같아 애써 외면하며
마주하지 않으려 뒤돌아선다

수화기 너머로 들려오는 조용한 흐느낌
굳이 말을 하지 않아도 알 수 있기에
또 수화기를 내려놓는다

이젠 정말
참아왔던 눈물이 흐른다
흐르는 눈물 사이로

사랑해!
한마디를 남기고

그렇게
떠나왔다

별

함께 헤아리던 별은
아직도 밝게 빛을 발하지만
함께 헤아리던 그는 이제 없다

벙어리처럼
한 마디 말도 못한 채
너는 너대로 나는 나대로
떠나온 지 십수 년

오랜 시간이 지났지만
그때 그 모습 그대로 남아
더 밝은 빛을 발한다

저
별들을 다시 세어본다
별 하나 별 둘

그러나……
눈물만 흐른다

시간의 향기

문득
훅 들어온
상큼한 라일락의 달콤함으로
시작되는 봄

넝쿨장미의 은은하고
백합의 순결로 여름을 맞고

진한 구절초 향에
누구도 피할 수 없는
시간의 향기 속에 오늘을 보낸다

시간은 왜 그렇게 빨리도 가는지
제일 작은 2월보다
꽉 찬 10월이 떠 빨리 달린다

벌써
한 해가
다 저문 것 같다

제일 소중한 사람 · 3

사랑이란 말은 참 흔한 말이다
흔한 만큼 아무나 쓸 수 있지만
흔한 만큼 또 아무에게나 쓸 수도 없다

너에게만은
더 멋지고
더 아름다운 말을 하고 싶지만
달리 표현할 말이 없다

사랑
최고 흔한 만큼
최고 아름다운 말

미움도
분냄도
용서도
희생도
생명까지도 내어 줄 수 있는 고귀한 말
지금까지도 없었고
앞으로도 없을 최고의 아름다운 말

그 고귀한 말을 너에게 하고 싶다
지금 너에게

사랑해……

코스모스

누구나!
가을을 만드는 꽃

따사로운 햇살에 수줍은 듯
이슬에 젖은 꽃잎을
살포시 내민다

청순한 소녀처럼
어린 누이동생처럼
젊은 날 이루지 못한 첫사랑 그 아이처럼

늘 생각나게 하는 너
늘 보고 싶은 너
늘 가까이 함께하고 싶은 너

그런 네가 참 좋다

시나브로

"고양이와 여자는
찾지 않을 때 다가온다"

천천히
조금씩
사랑은 늘 그렇게
더디게 찾아온다

풋사랑도
첫사랑도
가랑비처럼
아주 조금씩 서로에게 젖어든다

모든 마음을 내어 주면서도
모든 인생을 내어 주면서도
내어 준지도 모른다

뒤돌아보니 어느새
온통 그 안에 있다
온통 내 안에 있다

참나무 장작처럼
시나브로

희망

끝을 알 수 없는 길고 어두운 터널
저 멀리 작은 불빛 등대 삼아
버겁게 버겁게

끝을 알 수 있다면
젖 먹던 힘까지 짜내어 보련만

다들 힘든 시기라서 그렇다고
맘씨 좋은 옆집 아저씨마냥
만날 허허실실

위안만 삼고 있다고
누구 하나 알아주지도 않는다

초심 찾아
희망 찾아
두 주먹 불끈 쥐고
오늘도 나선다

풀은 마르고 꽃은

성큼성큼
하루가 다르게
가을색으로 깊어간다

이 모양 저 모양으로
피어난 모든 지체들이
마지막 사랑을 한다

보아줄 이 하나 없는 고독한 무대지만
마지막 따스함이 되어주고 싶다
언제까지나

풀은 마르고
꽃은 시든다

사랑한다는 것은

사랑한다는 것은
무한한 책임을 진다는 것

사랑한다는 것은
그를 알아간다는 것

사랑한다는 것은
그를 닮아간다는 것

사랑한다는 것은
보잘것없는 목숨도 내어놓겠다는 것

사랑한다는 것은
그를 기쁘게 한다는 것

사랑한다는 것은
늘 그에게 마음을 맞추는 것

사랑한다는 것은
하는 사람도 듣는 사람도
눈물 짓는 것

가을 냄새

"가을엔 편지를 하겠어요~"

유년 시절
초등학교 청소시간에
낙엽을 태운다

메케한 연기에 눈물을 흘리지만
어린나이에도 낙엽 태우는 냄새가
싫지 않았다

알 듯 모를 듯한
그리움의 냄새
정겨움의 냄새
고향의 냄새

그러나
이젠
고향도
낙엽 냄새도 없다

그저
그리움 속에
고향도 낙엽 냄새도 존재할 뿐

보고 싶다
가고 싶다
나락이 노랗게 익어가는
낙엽 태우는 가을 냄새 나는

고향이란 곳에

가을비 내리는 날

여우같은 가을비
차라리 오지 않았더라면
더 좋았을 것을
괜스레 눈물만 흐른다

하릴없이 우두커니 앉아
내리는 비를 하염없이 바라본다

빗물 따라 흐르는
추억
눈물
그리움……

여우같은 가을비
차라리 오지 않았더라면
더 좋았을 것을
괜스레 눈물만 흐른다

잃어버린 계절

벚꽃 잎 하나 핀듯하여
봄이 온 줄 알았다

소나기 한 방울
제대로 뿌려 보지도 못한 채
벌써 가을이다

꿈 많은 고교시절 지난 지가
벌써 30년 전이 되었다

그 사이
비도 오고
눈도 오고
바람도 불지 않았으랴마는

아무런 기억도
느낌도 없이
30년 세월을 통째로 도둑맞았다

인생의 가을이 오려는지
기억도 추억도 행복도
가물가물하다

그냥

더욱 깊어진 쪽빛 하늘
정지한 듯한 하얀 구름 속에
이따금 어리는 그 얼굴

심지도 가꾸지도 않는
외로운 들길에
빨간 코스모스 한 송이

그냥
쪼그리고 앉아
지나간 추억을 불러본다

그 앨 닮은 코스모스
코스모스를 좋아하던 그 애

지나던 바람
가냘픈 코스모스 흔들어
결국
꽃잎 떨군다

결국
눈물 떨군다

쪽빛 하늘

쪽빛!
파란 하늘
한 움큼 움키어 내면 두 손에 가득 든 쪽빛 물
가슴에 가득 든 쪽빛 눈물

금방이라도 주르륵 떨구어질 것만 같아
눈이 시리다
가슴이 시리다

점점이 박혀 있는 하얀 솜구름
어리는 그의 얼굴
그의 미소

빨간 고추잠자리
빨간 코스모스에 앉는다

겨우 참아왔던
쪽빛 눈물 주르륵

허수아비

금세라도
눈물 지을 것만 같은
커다란 눈을 굴리며

기다리는 것인지
쫓아내는 것인지
알 수 없는 표정으로
자릴 떠나지 못하는 허수아비 가족들

시간이 멈춘다
서늘한 바람이 휑하니 불어
말라버린 가슴이 더 시리다

이제 그만
다시 사랑하면 그뿐

가을 햇살

길게 그림자를 드리우고
아기 손바닥만큼 남아있는 작은 햇살 한 줌
붙잡을 수 있다면

두 손에 가득 담아
그대 뜨락에 보낼 수 있다면

콩 꼬투리
가을 햇살에 톡 하고 터진다

가을 냄새가 좋다
따스함이 좋다
한가로움이 좋다

그대에게 갈 수만 있다면
더없이 좋으련만

빨간 우체통

마음을 들켜버린 수줍은 소녀처럼
빨갛게 물든 우체통

너의 마음과
나의 마음을
질기게도 이어주던 빨간 우체통

밤을 새워가며
곱게 곱게 접은 나의 마음을
두근거리는 나의 마음을
빨간 우체통에 살며시 담는다

하루
이틀
사흘……

오지 않는 답장에
혹 심술궂은 바람에 날려가지 않았을까
혹 비에 젖어 그의 마음을 몰라보지나 않을까

괜한 조바심에
심장이 빨갛게 달아오른다

괜한 조바심에
하루가 너무 길다

찰나

– 이현숙 지음

그렇게
꽃이 피는 줄만 알았다

그러던
어느 가을
푸르렀던 잎사귀 속에
고이고이 감추어 두었던

빨갛게 익은 감이
하나둘 떠나가고

잘 키워냈다는
안도감 때문인지
모든 걸
체념한 채
단념한 채

살랑이는 바람에도
붙잡을 힘도 여력도 마음도 없이
툭툭 떨어져
찰나에 모두 놓아버린 감잎

감나무는 그렇게
모든 걸 내려놓았다

두 바퀴 · 2

두 바퀴가 따로 구른다
아니 함께 구른다

앞에서 하나
뒤에서 하나

절대로
절대로
조금이라도 빠르거나 늦게 갈 수 없이
둘이 똑같이 구른다

아무리
아무리 힘든 오르막도 서로의 버팀으로
서로의 격려로
그렇게 둘은 하나가 되어
버티어 낸다

혼자가 아닌 둘이서

오늘 아침

세상에서 제일 무거운 눈꺼풀과
세상에서 제일 따듯한 이불 속을
들추어 낼 힘이 없다

미련이 남아 5분만 1분만을 외쳐댄다
그러다 등짝을 한 대 후려 맞고
실눈을 뜨며 째려본다

적잖이 아프다
짜증이 난다
1분만 기다리면 알아서 일어날 텐데

오늘 또 맞았다
그러나
앞으로도 알아서 일어날 일은 없을 듯하다

아침은
늘 고달프다

실로암

"어두운 밤에 캄캄한 밤에……"

내용도
의미도 모른 채
따라 불렀던 그 노래

새벽을 알지도 못했고
새벽이 오는 줄 도 몰랐다

무엇을 해야 할지도
누굴 사랑해야 하는지도
누구에게 감사를 해야 하는지도
전혀 생각조차 하지 못하고

오십이 되어서야 뒤를 돌아보니
주님의 사랑과
주님의 은혜와
주님의 계획과
주님의 인도하심을 조금 알 것 같다

이 가을
오늘도 새벽기도를 가며 흥얼거린다
영혼의 결실을 바라며
"어두운 밤에 캄캄한 밤에……"

*요한복음 9장 7절
이르시되 실로암 못에 가서 씻으라 하시니(실로암: 보냄을 받은 자) 이에 가서 씻
고 밝은 눈으로 왔더라

4부

겨울=그리움

첫눈

첫눈!

추억 가지고
그리움 가지고
온다

20년 후
30년 후

첫눈 오는 날
대전역 시계탑 아래서 만나자 했던
약속의 그 설레임이 내린다

이름조차도 가슴 떨리는 그 이름
첫눈

나가야 할지
말아야 할지
유리창에 기대어
그 이름을 그려본다

뽀득뽀득
누가 볼세라
애꿎은 유리창만 문지르며

지키면 안 될 약속이기에
맘속에 담아 두어야 할 약속이기에

뽀득뽀득
누가 볼세라
애꿎은 유리창만 문지른다

나를 위한 時

배운 것 없고
가진 것 없이
그저 몸뚱어리 하나로 맞서온 50년 세월

나만
부지런하면 되는 줄 알고
죽을 둥 살 둥 살아왔지만
흰머리와 고질병만 남았다

이젠
내가 그리는 그림 같은 삶을
내가 짓는 詩 같은 삶을
내가 나 되어
나를 위해 남겨진 그리 길지 않는 날들을
맛있게 지어보아야겠다

아낌없이
후회 없이
열심히가 아닌
열정적으로 살아내야겠다

내가 나 되어

겨울 끝자리

온다는 봄은
처마 끝 햇살 아래에
고양이처럼 졸고 있고

간다는 겨울은
계산하기 싫은 사람처럼
구두끈만 매만진다

내 맘대로 할 수 있는 건
아무것도 없단 걸 알면서도
괜한 투정 한번 부려본다

무슨 미련이
두려움이
남았는지

뭉기적 뭉기적
반겨주는 이도 없는데
가지 않으려 애를 쓴다

사람도
세월도
갈 때를 알고
말없이 떠날 때
가장 아름답고
가장 행복할 것이다

그리움

그립다 그립다 그립다
보고싶다 보고싶다 보고싶다
천만번 적어보아도 채워지지 않는
보고픔 그리움

망망대해
눈을 뜨면 제일 처음 마주하는 검은 바다
점심에도
저녁에도
한 달 두 달 석 달을 바다에 갇혀

그리워서 보지 못하고
그리워서 전화도 못하고
그리워서 편지도 못하고
그렇게 두 계절이 공존한다

그와 함께 했던 바다는
파~랗고
하~얗고
사진처럼 예쁘지만

그가 떠난 지금의 바다는
너무 검어
꼴도 보기 싫다

그런데
나는 마도로스다

시계추

빨리 오길 바라는 시간
오지 않길 바라는 시간
시계추는 바쁘다

누가
한가한 사람을 시계추에 비유했는지
하릴없는 것처럼 보일지라도
시계추는 바쁘다

조금 천천히 갈 수도 없고
쉴 수도 없고 빨리 갈 수도 없이
시계추는 바쁘다

얼마나 많은 사람들을
울리고 웃기는지

나의 시계추가 멈추는 날
멋진 그림 보고 왔다고 말 할 것이다

제일 소중한 사람 · 4

운동을 해야 한다며
자전거로 옷걸이 만들고
스팀다리미로 옷걸이 만들고

다이어트 한다고 저녁 굶고
한 시간도 되지 않아
가래떡이랑 고구마를 구워 먹는 아내지만
그래도 이쁘고 사랑스럽다

그런데
이번엔 좀 세다
안마의자란다

우리 집에도
명품 옷걸이가 생길 듯하지만

그래도
건강만 하자!

겨울 바다

왜 왔는지
그 겨울 그 바닷가

지난날
써놓은 사랑의 약속

짓궂은 파도에 쓸리고
시린 바람에 날리어

지우개로 지운 듯
어느새 새로운 바닷가

그 바닷가 모래 위에
또다시 사랑을 그려본다

절대
지울 수 없는
예쁜 사랑을

그리움 · 2

어느새
발길은 그 자리에 와있다

어느 봄날
노오란 개나리처럼
비워놓았던 나의 가슴에 성큼 들어온 너를
사랑하지 않을 수가 없었다

같은 곳을 보고
같은 곳을 가며
늘 그림자가 되어
마음까지도 같았는데

그런 네가 가고 난 자리에
말라버린 눈물자욱
잊혀질수록 선명해지는 추억들

어느새
발길은 그 자리에 와있다

돌이켜 보면

돌이켜 보면
참
좋은 날도 많았다

봄 햇살같이 화사한 날도
장마철 같이 궂은날도
떨어져 뒹구는 낙엽처럼
애처로운 날도 있었다

어느 구름에
비가 들어있는지
알 순 없지만

희망이
사랑이
추억이 있었다

그들과 함께 할 수 있었음에
포기해야 할 순간에도

희망으로 포기하지 않고
사랑으로 버티어 냈고
추억으로 지금 웃는다

돌이켜보면
참
좋은날도 많았다

때론

그리운 옛 친구가
나무 위에도
지붕 위에도
소리 없이 다녀갔다
왠지
성탄절 아침 이어야만 할 것 같은 날이다

때론
살아보지 않았지만
가보지 않았지만
왠지 낯설지 않고
왠지 더 반가운 옛 친구

시끄러운 세상사
모든 걱정
잊게 해주는 새하얀 눈

늘 이런 마음으로
하얗게 살고 싶다

삶

삶엔
참 많은 것들을
포기해야 할 순간들이 찾아온다

아깝지만
손해 보는 것 같지만
놓으면 죽을 것 같지만
미련 없이 떠나보낸다

처음부터
내 것이 아니었고
어차피
내 것이 될 수 없는 것들을

떠나보내야만 한다
내 것이 아닌 이상
미련 없이

숫자들의 삶

내 삶에 숫자가 들어온 건지
숫자 속에 내가 들어간 건지

세상에 울음을 터트리면서
시작되는 숫자와의 삶

태어나면서부터
생년월일과 주민번호를 받고
때론 학번으로
때론 휴대전화 번호로 불려지며

군번과
결혼기념일
자동차 번호로도 불려진다

숫자와 함께
한 평생을 살아가야 하며
생을 마치는 순간까지도 제삿날이 찍힌다

나는
내가 아니지만
숫자도 나는 아닌 듯싶다

지란지교

사랑한다는 것
좋아한다는 것

기다리고
기다리고
기다려야 한다는 것을
기다림의 연속이란 것을
미처 알지 못했기에

그렇게 애를 태워가며
그렇게 기다림에 젖어듭니다

연락을 기다리고
만남을 기다리고
손 내밀길 기다리며

그를 만나러 갈 땐
기쁨과 설렘으로 다가가지만
그를 만나고 올 땐
슬픔과 그리움으로 돌아옵니다

그러나
또 만날 수 있다는 희망을
함께 가지고 돌아오기에
기다림의 연속을 참아 낼 수 있을 것 같습니다

별 · 2

그의 별도 그대로
나의 별도 그대로

서로를 향해 빛을 발하지만
서로가 알지 못한다

오라는 건지
가라는 건지
아님 기다리라는 건지

그저 안타까움에 더욱 반짝이며 빛을 내 보지만
조금이라도
조금이라도

그 뜻을 알았다면
그 마음을 알았다면

나
그렇게 오랫동안 아파하지도
그렇게 오랫동안 슬퍼하지도 않았을 것을

그 뜻을
알았더라면

쉼표

쉬라고
쉬라고
몸은 끊임없이
신호를 보낸다

어깨도
허리도
무릎도 스스로 우는 법을 알고
삐그덕 삐그덕
울음을 울어보지만

머리는 쉬길 원치 않는다
좀 더 힘내고
좀 더 해보라고
격려 아닌 격려를 한다

그러다
결국은 요모양요꼴 난다

말을 듣지 않는
몸이 나쁜 놈인지
아픈 몸을 부려먹는
머리가 나쁜 놈인지

넘어진 김에 좀 쉬어가야겠다
지 몸뚱어리인데
지가 뭘 어쩔라구

오십 줄에
누구의 눈치를 볼까
이젠 맘대로 해야겠다

에고
쉴란다

훈련소 · 2

한겨울의 연병장
모두가 곤한 잠에 빠져있을
아직 동도 트지 않은 새벽

유릿가루를 뿌려놓은 듯
퍼런 날을 세운 투명한 서리가
하얗게 내린 모래 바닥에

벌써 꽤 오랜 시간을
딸랑 으뜸 부끄럼가리개 하나 걸치고
앞으로 뒤로 좌우로 사정없이 구른다

쓸리고 찢겨져 피가 엉겨 붙어도
꽁꽁 언 몸뚱어리는
아픔도 모르고
아파할 시간도 주지 않고
구르는 것을 멈추지 않는다

"나는 누구며
왜 여기서 이러고 있는 것일까"

빌어먹을……

겨울비

아직도 한 겨울인데
따듯한 봄비가 내린다

촉촉이
포근히
대지를 두드린다

어서 일어나라고
어서 깨어나라고

마냥 추운 줄만 알았는데
땅속 세상에선 벌써 아우성들이다

부지런한 녀석들이
철부지 녀석들이

먼저 나가겠다고
예쁜 꽃을 피우겠다고
아우성이다

이
엄동설한에

혼돈의 시간

나는 누구인지
여긴 어디인지
왜 이 속에 와있는지
알 수 없다

하루만에
모든 것이 뒤죽박죽 되어버린
이 몹쓸 놈의 세상

자유도
시간도
친구도 없는
세상과는 완전히 차단되어
우주 어딘가에 뚝 떨어져
먼지가 되어버린 순간

한줄기 빛도 없는 이 어둠이
온전히 나의 몫이 되어버린
혼돈의 시간

영영 헤어나지 못할 것만 같은 훈련소의 첫날

그저
눈물만 흐른다!

까치밥

어둑어둑한 하늘에 붉은 홍시
얼마나 많은 녀석들이
탐하고 먹고 싶어 했을까

그러나
누구도 감히 손대지 못할 위대함

나보다 남을 위한 마음
마지막 하나 남은 것까지
내어주려는 모정

그런 위대함이 있었기에
누군가는 희생을 해야 하기에
톱니바퀴처럼 맞물려 돌아가는 인생

그러기에
세상은 아직 살만하다

12월 31일

또!
마지막을 부여잡고
헐떡이며 뛰어온 길을
되돌아본다

후회!
그리고
한숨……

새해엔 그러지 말아야지
주저리 주저리 계획을 세워본다

마지막이라며……

마중물

한 바가지의 물

그
물이 없다면
영원히 마실 수 없다

순간의 갈증과
허기를 채울 수 있을지라도
그로 인해 더 커지는 고통

빚을 내어서라도
심지 않는다면
거두어들일 수 없음을 알기에
갈증을 참고
허기를 참는다

절대로
취해선 안 될
생명보다 더 소중한 마중물!

오늘도
그 마중물로 남겨지기 위해
뛴다

심령이 가난한 자는

가진 것이 없다면
가져야 할 것이 그만큼 많다는 거

더 갖기 위해
욕심을 내고
수단과 방법을 가리지 않는다

그러다
큰 화를 부르기도 하고
큰 화를 당하기도 한다

그렇게 아둥바둥 살아야
남는 것이라곤
그저 옷 한 벌 뿐인 인생인데

왜 그렇게 살아왔는지
후회를 해보지만
나에게 주어진 날들이 그리 길지 않다

무조건
바늘귀를 통과하여야만 하는 낙타처럼
모든 등짐 내려놓고
무릎 꿇고
가난한 심령으로
돌아볼 순 없는 걸까!

*마태복음 5장 3절
심령이 가난한 자는 복이 있나니 그들이 위로함을 받을 것임이로다

쉼… 그리고 낙서!

최병문 지음

발 행 처 · 도서출판 청어
발 행 인 · 이영철
영   업 · 이동호
홍   보 · 천성래
기   획 · 남기환
편   집 · 방세화
디 자 인 · 이수빈
제작이사 · 공병한
인   쇄 · 두리터

등   록 · 1999년 5월 3일
(제1999-000063호)

1판 1쇄 인쇄 · 2019년 11월 1일
1판 1쇄 발행 · 2019년 11월 10일

주소 · 서울특별시 서초구 남부순환로 364길 8-15 동일빌딩 2층
대표전화 · 02-586-0477
팩시밀리 · 0303-0942-0478

홈페이지 · www.chungeobook.com
E-mail · ppi20@hanmail.net
ISBN · 979-11-5860-703-6(03810)

이 도서의 국립중앙도서관 출판시도서목록(CIP)은 서지정보유통지원시스템 홈페이지
(http://seoji.nl.go.kr)와 국가자료공동목록시스템(http://www.nl.go.kr/kolisnet)
에서 이용하실 수 있습니다.(CIP제어번호: CIP2019042304)